모 두 행 복 하 세 요

김 두 엽

2021년 5월

그림 그리는 할머니

＊ 김두엽입니다 ＊

그림 그리는 할머니
* 김두엽입니다 *

초판 1쇄 발행 2021년 5월 4일
초판 2쇄 발행 2024년 6월 10일

지은이 | 김두엽
펴낸이 | 金滇珉
펴낸곳 | 북로그컴퍼니
주소 | 서울시 마포구 와우산로 44(상수동), 3층
전화 | 02-738-0214
팩스 | 02-738-1030
등록 | 제2010-000174호

ISBN 979-11-90224-74-1 03810

그림 그리는 할머니
* 김두엽입니다 *

김두엽 지음

북로그컴퍼니

해수욕장
61×45.3cm, Acrylic on paper, 2021

끝없는 와, 와

나태주(시인)

그림을 본다는 건 꿈을 꾼다는 것
그림을 본다는 건 사랑을 한다는 것
세상살이 모든 고달픔과 시름과 걱정 내려놓고
어디론가 잠시 샛길로 빠져 걸어본다는 것
여럿이서도 좋겠지만 혼자라면
더욱 홀가분하고 좋은 것

그림책 보기를 좋아하는 나
오늘 새벽 시간 잠 깨어 그림책을 보았지요
아니지요, 출판사에서 보내준
그림책 원고를 보았지요
할머니 화가가 그렸다고?
늦깎이 화가가 그렸다고?

그런데 말이에요
그림책을 넘길수록 마음속 깊이 우러나오는
와, 와, 소리치고 싶은 또 하나의 마음
책장의 끝까지 와, 와, 소리치고 싶은 마음
그렇지요, 그림을 보는 건 또 하나의 응원
또 하나의 동행

같이 가요, 힘든 길 우리 같이 가요
될수록 멀리까지 가보아요
아직은 한 번도 가보지 않은 곳까지 가보아요
둘이서 손잡고 같이 가보아요
그림 속 화가가 속삭이네요
그림 너머 화가가 눈짓을 보내주네요

그림 속에 어린아이 한 사람 살고 있네요
그의 친구들까지 불러 함께 있네요
몸은 분명 나이 든 사람이지만
마음만은 여전히 철부지 어린아이 그대로
당신의 마음속 어린이를 축하해요

그림 그리는 할머니
        김두엽입니다

늙은 어린이 당신이 부르는 와, 와

나도 따라서 와, 와
마음속 들판을 향해 부르는 와, 와
마음속 강물과 산을 향해 부르는 와, 와
응원합니다, 사랑합니다, 우리 같이 가요
끝없는 와, 와를 당신에게 돌려드립니다.

며느리 생일 꽃

26×36.2cm, Acrylic on paper, 2021

마음에 꽃물이 드는 책

이해인(수녀, 시인)

꽃이 많이 그려진 이 책은 독자들이 꽃향기가 피어오르는 정원을 거닐며 "꽃 할머니 어디 계세요?" 하고 부르고 싶게 만드는 아름다운 작품입니다.

80대에 그림을 시작한 늦깎이 화가가 전하는 삶의 이야기는 솔직하고 정겨우며 생활 속의 그림은 밝은 색채의 생명감과 순수하고도 담백한 창의성으로 가득합니다. 단순해 보이면서도 깊은 이야기가 숨어 있어 지루하지 않으며 감칠맛 나는 그림들은 바쁜 삶 속에 잃어버리기 쉬운 동심을 공유하게 해주며 가족에 대한 애틋한 그리움을 더해줍니다.

이 동화 같은 행복일기를 감탄하면서 읽다 보면 우리도 어느새 그림 속의 주인공이 되어 다시 사랑을 시작하는 따뜻한 꿈을 꾸게 되니 얼마나 멋진 일인지요.

'아팠던 날도 지나고 나면 한 폭의 그림'이라는 화가 할머니의 말씀에 고개 끄덕이면서 우리의 마음에도 어느새 꽃물이 드는 경험을 새로운 기쁨 속에 하게 될 것입니다.

최화정 배우 집에 놓인 김두엽 할머니 그림

할머니의 삶에도 꽃이 활짝 피기를 바라며

최화정(배우)

안녕하세요, 최화정이에요~ 저희 집에는 김두엽 할머니가 그린 검정 배경에 매화나무 한 그루가 꽉 찬 그림이 있습니다. 2019년 <인간극장>을 보다가 할머니의 그림을 보고 아주 신선한 충격을 받았어요. 팔십이 넘어 독학으로 시작하셨다는데 할머니의 그림은 '타고난 천재의 재능'을 보여주기에 충분했지요.

몇 날 며칠 할머니의 그림이 머릿속에서 떠나지 않아 세 점의 그림을 샀답니다. 할머니 댁에 보탬이 되면 좋겠다는 생각도 있었지만, 무엇보다 '그림은 이래야 한다'는 어떠한 편견이나 고정관념 없이 할머니만의 방식으로 완성된 그림, 그 그림에서 뿜어져 나오는 좋은 기운을 우리 집으로 옮겨오고 싶다는 생각에서였지요.

할머니의 그림 중엔 매화가 많더라고요. 매화의 꽃말이 '맑은 마음, 기품, 결백, 인내'라지요. 할머니는 자신도 모르는 새 본인의 삶과 닮은 매화를 그린 게 아니었을까요. 그림 속 풍성한 매화처럼 할머니의 삶에도 365일 꽃이 활짝 피기를 바라는 마음을 전합니다.

큰 나무가 있는 마을

51×36cm, Acrylic on paper, 2019

노희경(드라마 작가)

우연히 TV를 돌리다, 화사한 그림 몇 점에 눈길이 가 채널을 고정했다. 화사하고 강렬한 색채, 천진한 아기의 눈처럼 또렷한 선들, 수줍은 소녀의 앉음새처럼 정물들의 단아한 배치가 일품인 그림들에 마음을 훌쩍 뺏겨 계획에도 없이 한참을 넋 놓고 보고 있었는데, 이후 펼쳐진 화가의 삶은 웬걸! 찬란한 그림과는 달리 듣도 보도 못 한 구절양장이었다. 젊지 않은 아들은 아무도 알아주지 않는 무명 화가에 택배 기사, 그 아들을 기다리는 게 하루 일과인 팔십 넘은 노모가 심심해서 붓과 무딘 손끝으로 십여 년간 그렸다는 숱한 그림 그림 그림들. 글도 아닌 그림을 보고, 울었다. 슬퍼서 운 게 아니고, 예뻐서 아름다워 울었다. 그리고 드는 의문 하나. 대체 화가 김두엽 할머니에게 인생은 무엇이기에 고되면 고될수록, 아프면 아플수록, 다치면 다칠수록 이리 더 희망차지는 것인지.

김두엽 할머니의 인생 이야기와 그림이 책으로 묶여 나온다 한다. 어서 봤으면 좋겠다. 징징대는 내 삶 앞에 김두엽 화가의 그림 같은 깔끔한 희망이 뚝 떨어질지도 모른다는 기대가 생긴다.

동네 풍경

61×45.3cm, Acrylic on paper, 2021

동심과 따스함이 가득한 그림

김창옥(교수, 소통전문가)

유튜브를 보다가 김두엽 작가님의 작품이 담긴 영상을 우연히 접하게 되었습니다. 첫눈에 반했고, 당장 광양으로 달려갔습니다. 집으로 들어서니, 할머니가 하얀 눈사람처럼 허리를 꼿꼿이 세우고 책상에 앉아 콧노래를 부르며 그림을 그리고 계셨습니다.

"나이가 들수록 지켜야 하는 것은 동안이 아니라 동심이다."라는 문구처럼, 100세를 바라보는 김두엽 작가님의 실제 모습과 그림은 동심과 따스함으로 가득했습니다.

영상으로 몇 번이나 봤던 그림이지만, 광양에서 실제로 마주하니 눈을 뗄 수가 없어서 한참을 말없이 감상했습니다. 그림과 나의 마음이 딱 맞다 싶은⋯⋯. 감동이 밀려왔습니다. 작가님은 역경과 고난의 인생에서 수많은 파도를 헤쳐오셨음에도, 어찌 그리 산뜻한 봄과 깊은 가을의 색채를 그림에 고스란히 담아내는지 연신 감탄하게 됩니다.

작가님의 그림, 그리고 삶을 향한 태도는 수많은 인생의 후배들에게 '삶과 어떻게 관계를 맺고 소통해야 하는지' 말 없는 말로 비추어주는 듯합니다.

이현영, 해바라기
20F, Acrylic on paper, 2021

◆

나는 우리 아들의 해바라기 그림이 좋아요.

해바라기

36.2×26cm, Acrylic on paper, 2020

◆

나는 해바라기를 자주 그려요.

행운을 가져다주는 꽃이라고 해서 아는 사람들에게 자주 선물하지요.

이 책을 읽는 분들에게도 내 해바라기 그림을 선물할게요.

시계가 걸린 거실
61.5×45.5cm,
Acrylic on paper, 2020

좋은 날
61.5×45.5cm, Acrylic on paper, 2021

1장 그림 그리는 나의 행복한 일상

그림 그리는 할머니
김두엽입니다

내 막내아들은 그림 그리는 이현영 화가예요.

그림 그리기를 좋아해서 초등학교 때부터 미술대회에서 상을 많이 받아왔어요. 언젠가는 아들이 "엄마, 내가 커서 뭘 하고 살면 좋을까요?"라고 묻더군요. 나는 "네가 하고 싶은 것을 해야지. 무식한 이 엄마가 뭘 알겠니?"라고 말했어요.
아들은 남들보다 늦은 나이에 미술대학에 입학했고, 정말 화가가 되었답니다.

예전에 아들이 물었을 때 돈 많이 버는 일을 하라고 할걸, 종종 후회를 많이 했답니다. 아들은 그림으로 돈을 많이 벌지 못했고 사는 게 편안하지 않아 보였어요. 어미인 저는 항상 그런 아들이 걱정됐어요.
밥은 잘 챙겨 먹는지, 집세는 잘 내고 있는지…….
떨어져 사니 직접 보지도 못하고, 그러니 걱정은 점점 더 커지기만 했
어요.

제 마음을 헤아린 아들은 하루에 한 번씩 안부 전화를 꼭 했어요.
"어머니, 밤새 별일 없었지요? 식사는 하셨어요?"
막내라서 그런지 떨어져 살 때도, 같이 사는 지금도 참 살가워요.
아들이 서울 생활을 정리하고 시골로 내려와 같이 살게 된 건 6년 전
부터예요.

아들은 그림을 그린다며 몇 날 며칠을 작업실에서 두문불출했고 저
는 식사 때가 되면 "현영아, 밥 먹자~" 하며 아들을 불러냈어요. 그때
가 아니면 아들은 작업실 밖으로 나오지도 않았어요. 산책도 운동도
사람 만나기도 하지 않고 오직 그림만 그렸어요. 그래서 아들 작업실
은 점점 더 좁아졌어요. 아들은 매일 그림을 그렸지만, 그림들은 팔리
지 않고 쌓이기만 했거든요.
나도 아들도 버는 돈이 없으니 먹고살 일이 걱정되었고 그래서 늘 마
음속으로 기도했어요. 제발 그림 좀 잘 팔리게 해달라고.

그림 그리는 할머니
김두엽입니다

그림이 안 팔리는 만큼,

아들이 더 안타까웠고,

그림 그리는 화가라는 직업이 더 원망스럽고 싫어졌어요.

그런데 사람의 앞날은 알 수 없다는 말이 참이라는 걸 내가 보여주게

되었네요. 이제는 아들뿐만 아니라 엄마인 나도 그림을 그리고 있잖

아요.

올해로 아흔네 살이 된 나는 그림 그리는 할머니 김두엽입니다.

갈대 풍경
32×24cm, Acrylic on paper, 2020

작은 나의 화실

30.5×22.2cm, Acrylic on paper, 2021

책상에 앉아 그림을 그리는 아흔네 살의 내 모습입니다.
이 그림에서 보이는 것처럼
나는 집 안 여기저기에 내 그림을 붙여놨어요.
방문에 붙은 그림을 알아보겠나요?
바로 옆에 있는 〈갈대 풍경〉 그림이에요.

이현영, 오월의 숲
300×300cm, Acrylic on paper, 2021(미완성)

아들이 요즘 그리고 있는 그림이에요.
100% 완성되지 않았지만 내가 정말 좋아하는 그림이라
여러분께 꼭 보여드리고 싶어요.

이현영, 강아지들
제34회 2015 대한민국미술대전 구상 부문 입선
162.1×130.3cm, Ink on paper, 2015

고생만 하던 아들이 2015년에 큰 상을 받았어요.
아들의 그림을 제대로 평가해주는 사람들이 많아지고 있네요.
정말 고마운 일이에요.

여든세 살,
그림 그리기 딱 좋은 나이

지금으로부터 12년 전, 내 나이 여든두 살에 서울살이를 정리하고 전라남도 보성에 작은 집을 마련해 이사를 갔어요. 막내아들도 홍대 근처에서 운영하던 미술학원을 정리하고 광양에 직장을 얻어 귀향을 하게 되었지요.

아들은 서울에서 살며 개 두 마리를 키웠는데, 광양에서는 강아지를 키울 형편이 안 되었어요. 보성 내 집에 마당이 있으니, 아들은 그 강아지들을 저한테 맡겼어요.

주말이 되면 아들은 광양에서 보성 집으로 왔어요. 강아지도 보고 어미도 보고…….

평생 이곳저곳에서 살았지만, 보성의 이웃들만큼 나에게 특별했던

그림 그리는 할머니
김두엽입니다

이웃은 없었던 것 같아요. 인심 좋은 이웃들과 늘 친하게 지내다 보니, 우리 집에는 제철 농산물과 해산물이 떨어지는 날이 없었어요. 이웃에 놀러 가 그 집의 일을 거들기라도 하면, 그들은 나를 결코 빈손으로 돌려보내지 않았어요. 여러 가지 푸성귀와 감자, 호박, 고구마 등을 한가득 안겨주는 정말 고마운 이웃들이었어요.

보성 이웃들과 함께한 시간은 정말 따뜻하고 재밌었어요.

하지만 집에 혼자 우두커니 있을 때도 많았어요. 강아지 두 마리가 집에 있어도 적적함과 심심함을 달래주지는 못했어요.

그러던 어느 날, 마룻바닥 위에 있던 하얀 종이가 너무나 심심하던 내 눈에 들어왔어요. 홀린 듯이 종이를 집어 들고 연필을 찾아내어 사과 한 개를 그렸어요.

"어머니, 이 사과 그림, 누가 그린 거예요?"

주말이 되어 집에 온 막내아들이 꺼낸 첫 말이었어요.

그림? 까마득하게 잊고 있었는데…….

"내가 그렸어."

"울 어머니 그림 솜씨가 보통이 아니네! 하하하!"

"그래?"

"네. 정말이요. 내가 어머니를 닮아서 화가가 됐나 보네!"

동그라미를 그리는 것처럼 사과를 그리고,

배꼽이 쏙 들어가게 표현하고,

꼭지 하나를 올려준 게 전부인데,

아들은 '아주 잘 그렸다'며 칭찬을 아끼지 않았어요.

너무나 기분이 좋았어요.

아쉬운 건 이때 그린 사과 그림을 제대로 보관하지 못해서 지금은 어디에 있는지 모른다는 거예요. 큰 값어치가 나가는 건 아니지만, 그래도 내가 처음 그린 그림인데…….

내 나이 여든세 살.

아들의 칭찬 한 마디에 매일매일 그림을 그리기 시작했어요.

벽걸이 달력을 뜯어 반을 접고 가위로 크기에 맞게 자른 뒤, 바늘에 실을 꿰어 스케치북처럼 위쪽을 묶은 나만의 도화지에 그리고 싶은 것들을 그리기 시작했어요. 처음에는 꽃과 나무를 그리다가 그림 그리는 일이 손에 익은 후에는 사람도 그렸어요.

동백꽃
34.5×25cm, Acrylic on paper, 2012

화분
34.5×25cm, Color pencil on paper, 2012

동백꽃
34.5×25cm, Acrylic on paper, 2013

여우와 노인
34.5×21cm, Acrylic on paper, 2016

나는 2009년부터 그림을 그렸어요.
여기에 있는 그림들은 전부 내 초창기 그림들이에요.
지금과 많이 다른가요?

그리고 싶은 것들을 맘껏 그리다 보니 심심함과 무료함이 멀리 달아났어요. 그림을 그리는 동안 정신을 집중하다 보니 시간도 엄청 빨리 흐르고, 이만한 좋은 소일거리가 없더라고요.

처음에는 달력 뒷장에 연필로 그렸는데 얼마 뒤부터는 색연필과 도화지가 내 그림 도구가 되었어요. 아들이 사다 줬거든요.
색색의 색연필로 꽃을 그리니 연필로 그릴 때와 느낌이 달랐어요.
뭔가 더 재미도 났어요.

할머니의 도화지였던 은행 달력
예전에는 다 쓴 달력 뒷면에 그림을 그렸어요.
2016년도에는 하나은행 달력을 썼네요.

그림 그리는 할머니
김두엽입니다

화병이 있는 정물

25×34.5cm, Acrylic on paper, 2014

백설공주
25×34.5cm, Acrylic on paper, 2014

매화
34.5×25cm, Acrylic on paper, 2016

푸른화분
21×33.5cm, Acrylic on paper, 2015

춤추는 소녀들
32×24.2cm, Acrylic on paper, 2018

장미동산의 집
53×33cm, Acrylic on paper, 2018

매화 화분
32×24.2cm, Acrylic on paper, 2019

춤추는 사람들
(앙리 마티스의 〈춤〉 모작)
34.5×25cm, Acrylic on paper, 2019

화분
32×34cm, Acrylic on paper, 2019

나더러
'화가'라고 하네요

색연필로 그림을 그리다 보니 손가락이 살살 아프기 시작했어요.

"손가락에 힘을 주고 칠하니까 손가락이 아프지요?"

눈치를 챈 아들이 물감과 붓을 주더라고요.

붓에 형형색색의 물감을 묻혀 도화지에 그림을 그리는 게 어찌나 재미난지 시간 가는 줄 모르게 되었어요.

몇 시간이고 그림에 푹 빠져 있고는 했어요.

물감이 생기니 그릴 수 있는 것이 더 다양해졌어요.

집에 있는 동백 화분도 그리고,

동네 어귀에 있는 매화나무도 그려보고, 꼬꼬거리는 닭도 그렸어요.

꽃과 밤
36.2×26cm, Acrylic on paper, 2021

꽃 피는 봄 밤
36.2×26cm, Acrylic on paper, 2020

물감으로 그림을 그리니까 종이가 물에 젖어 모서리가 둥글게 말린다며 아들이 이번엔 두꺼운 종이로 된 고급스런 스케치북을 가져다주었어요.

"어머니, 그림 정말 잘 그렸어요. 공부를 많이 한 사람들 그림보다 느낌이 훨씬 더 좋아요."
아들의 칭찬은 마르지 않는 화수분 같았어요.

완성된 그림의 수가 많아지고,
내 눈에도 어제보다 오늘 그린 그림이 더 멋져 보이기 시작할 즈음,
아들은 수채화 물감을 건네주었고,
그다음으로 아크릴 물감을 주었어요.
그때부터 지금까지 나는 계속 아크릴 물감으로 그림을 그려요.

주말에 집에 온 아들은 주중에 내가 그린 그림부터 챙겨 보며 연신 칭찬을 해요. 저도 칭찬을 받으니 속으로는 너무나 좋았어요. 학교 선생님한테 칭찬받고 상을 받는 기분이 이렇겠구나, 짐작하곤 했어요.
아들이 살갑긴 해도, 나하고 많은 대화를 나누진 않았어요. 늙은 엄마와 나이 먹은 아들의 대화란 게 그렇잖아요. 한데 내가 그림을 그리면

서양란
22×30cm, Acrylic on paper, 2019

가족

32.5×22.5cm, Acrylic on paper, 2016

서는 대화가 부쩍 늘었어요.

"어머니, 닭 그리셨어요? 허허."
"어떠냐? 이놈이 장닭인데, 여기에 지렁이가 있다고 암탉하고 병아리를 불러 알려주는 모습이야. 시골에 살면서 닭을 자세히 보니 닭들도 자기 가족을 챙기며 살더라."

그림을 세세히 보던 아들이 기분 좋게 웃네요.

"어머니, 여기에 정말 지렁이를 그리셨네요!"

아들의 웃음이 나에게 전염되어 우리는 같이 껄껄 웃었습니다.
아들과 대화하는 시간은 정말 기분이 좋아요.
그림에 대해 대화하는 시간은 나름 진지해요.

그림을 그리기 시작한 지 몇 년이 지나 꿈에도 생각하지 못했던 전시회도 하고, 지역 신문에도 나오고 했어요. 늙은 할머니가, 그림 공부를 한 번도 해본 적 없는 늙은 할머니가 그림을 그리는 게 무척 신기했나 봐요.

하얀 화분
30.5×22.5cm, Acrylic on paper, 2020

유채가 핀 들
30.5×22.5cm, Acrylic on paper, 2021

"어머니, 어머니가 지금 어떤 분인지 아셔요? 지금 어머니는 그냥 어머니가 아니고, 김두엽 화가예요. 전국에서 어머니 그림 좋다는 분들이 정말 많아요. 어머니 유명 인사가 되었어요."

아들은 한껏 기분 좋아하지만 저는 그냥 얼떨떨하네요.

나더러
'화가'라고 하네요

택배 일 나간 아들 기다리는
시간은 느림보 거북이

아들이랑 광양에서 함께 살게 되었어요.

작업실에서 두문불출하는 아들이 안타까워 그저 기도만 하고 있는
데, 어느 날 아들이 택배 기사로 일을 시작했어요.

'우리 아들 용하다~ 돈을 벌기 시작했구나!'

그간 티는 못 냈지만 몇 푼으로 겨우겨우 사는 게 힘들던 와중에 아들
이 돈을 벌기 시작했으니 내심 기뻤지요. 부자는 못 되더라도 생활비
걱정은 안 하고 살고 싶었어요.

하지만 화가 이현영이 그림 그려야 할 시간에 다른 일을 하고 있으니,
가슴 한구석에 짠하고 안타까운 마음이 똬리를 틀고 있었어요.

빨래

34.5×25cm, Acrylic on paper, 2019

예전에는 동네 아줌마들과 동네 강에 모여 빨래를 했답니다.
물고기도 아주 많았어요.

택배 일이란 게 그렇더라고요.

새벽밥 먹고 이른 시간에 집을 나서는데 일분일초라도 더 빨리 물건을 배달해야 해서, 점심 먹을 엄두조차 못 내는 날이 많은 것 같더라고요. 그래서 새벽일 나가는 아들 손에 김밥 두 줄이 담긴 검은 봉지를 꼭 쥐어 줍니다.

아들이 일하러 나가면 나는 혼자서 집을 지켜요.

이런저런 집안일을 하고 그림도 그리죠. 한참을 그린 것 같은데 아직 점심때도 안 되었어요.

우리 집 마당 개인 뿡뿡이와 칠복이에게 밥을 주고, 돌담 근처에 심어 놓은 토란대가 얼마나 컸는지 가보기도 하고, 마당 풀들을 뽑기도 하지만 시간은 정말 잘 안 가요.

'많이 바쁘겠지? 많이 뛰어다니고 있겠지? 점심은 챙겨 먹었나?'

궁금하고 걱정되는 마음에 전화라도 해볼까 하다가 이내 마음을 접어요. 일하는 아들을 귀찮게 하면 안 되니까요.

콩나물국에 밥 한술 말아 후루룩 먹고 한참 동안 그림을 그려요. 시간이 많이 흘렀겠지, 하며 시계를 보지만 아들을 기다리는 시간은 느림보 거북이가 따로 없네요. 아직 열릴 생각도 없는 대문을 흘깃흘깃 보며, 그림을 그려요.

오늘 그리는 그림 속에는 아들 차를 그려 넣었어요.

아들 차를 타고 가까운 딸네나 큰아들 집에 놀러 가기도 하고, 때로는 그림 전시회에도 가요. 아들 옆자리에 앉아 차창 밖 세상을 구경하는 건 참 즐거워요. 그때 그 느낌을 살려 그림을 그려요. 바람과 들판, 새들과 풀들 그리고 너울대는 갈대를 그렸어요.

날이 갈수록 눈이 침침해져서 물감을 적당히 짜는 게 어려워요. 그래서 더 조심조심 물감을 짜요. 붓이 너무 두꺼워서 쪽가위로 붓털을 살살 잘라냈어요. 갈대를 더 세밀하게 그리려고요.

나는 아들의 차인 하얀색 사륜차를 제법 잘 그려요. 여러 번 그리다 보니 요즘은 어렵지 않아요. 쓱쓱 잘 그려졌네요.

오늘의 그림 작업이 끝나면 방으로 들어가 텔레비전을 보며 잠시 쉬어요. 그러다가 문득 또 시계를 보지요. 그러고도 한참이 지난 후에야 따르릉 하고 전화벨이 울려요. 아들은 집으로 출발하기 전에 늘 전화를 하거든요.

"어머니, 지금 일 끝났어요. 들어가는 길에 사갈 테니 필요한 것 있으면 말씀하세요."

택배 일 나간 아들 기다리는
시간은 느림보 거북이

황금 들녘
36.2×26cm, Acrylic on paper, 2020

동네 드라이브
34.5×25cm, Acrylic on paper, 2019

바닷가 마을
34.5×25cm, Acrylic on paper, 2019

"콩나물하고 오이 몇 개 사오너라."

아들은 콩나물국을 좋아해요. 오이는 반을 갈라 쓱쓱 썰어서 반찬을 만들어요. 고추장 한 숟가락에 고춧가루, 마늘, 소금을 넣고 무쳐주면 아들이 맛있게 먹지요.

일을 다 마친 아들과 마주 앉아 같이 밥 먹는 이 시간이 제일 행복해요. 밖에서 돌아온 아들에게 이런저런 소식을 듣기도 하고, 일하면서 만났던 사람들 얘기도 들을 수 있어 재미나요.

저녁상을 치운 후 나는 방으로 들어와 쉬는데, 아들은 아직도 식탁에 앉아 있어요. 얼른 들어가서 쉬라고 얘기해도 아들은 꼼짝도 하지 않고 휴대폰을 들여다보고 있네요.
전에 아들이 이런 말을 했었어요.

"어머니, 그림을 그리려면 생각을 많이 해야 해요."

저러고 앉아서 그림 생각을 하는 건지, 아니면 혼자 외로워서 그러는 건지 알 수가 없네요. 막내아들도 어느새 쉰이 넘었어요. 그런데 장가도 안 가고 저러고 있으니 걱정이 말이 아니에요. 자식이 여덟인데, 그중에서 혼자 사는 자식은 막내아들뿐이에요.

'우리 막내, 현영이가 장가를 가야 내가 편히 눈감을 수 있을 텐데…….'

아들 걱정도 늙은 할머니의 쏟아지는 잠을 막지는 못하네요. 어느새 나는 꿈속으로 여행을 갑니다.

토란밭
32×24.2cm, Acrylic on paper, 2020

택배 일 나간 아들 기다리는
시간은 느림보 거북이

동네 사람들 내 말 좀 들어보소,
우리 아들 장가갔어요

며느리의 신혼살림이 들어오는 날이에요. 아들이 오매불망 기다리던 며느리의 이삿짐.

뜬금없이 며느리의 짐이 들어온다니, 놀라셨죠? 저도 아직 놀라는 중이에요. 평생 장가 안 갈 것 같던 막내아들이 드디어 장가를 가게 되었어요.

'마른하늘에 날벼락' 같은 일이 벌어진 거예요.

며느리는 빨간색 차를 타고 오는 중인데 아직 고속도로라는 전화가 왔어요. 이삿짐을 실은 트럭은 벌써 도착했는데 말이에요. 대문을 활짝 열고 내다보니 짐이 정말 많았어요. 이삿짐 차가 한 대도 아니고 두 대나 왔어요. 높이 쌓인 짐을 보니 뭐가 저렇게 많은가 싶어요.

앉아 있는 여인

25×34.5cm, Acrylic on paper, 2020

내가 그린 막내며느리 김소영 씨.

우리 집 강아지 뿡뿡이와 칠복이는 낯선 차와 사람을 보고 시끄럽게 멍멍 짖어대네요.

"칠복아, 시끄러워, 짖지 마라. 이 개새끼야~"라고 혼을 내어보지만 소용이 없습니다.

칠복이는 묶어놓은 줄을 잡아당겨 풀더니 기어이 뛰어나가서 대문 근처에 서 있던 이삿짐 아저씨 발목을 콱 하고 물었어요. 오메~~~ 사람 환장하겠더라고요. 무릎 연골이 안 좋아 잘 걷지 못하는 나는 칠복이를 잡아 오지도 못하고 쳐다만 보며 발을 동동 굴렀어요.

드디어 며느리가 집에 도착했고, 나는 뛸 듯이 기뻤어요.

"난 이제 여한이 없다. 오늘 밤부터는 발 뻗고 편히 잘 수 있겠어."

우리 며느리와 아들이 어떻게 맺어졌는지 궁금하시죠?

작년, 그러니까 2020년 봄, 며느리는 아들의 그림을 사고 싶다며 자신의 딸을 데리고 우리 집에 찾아왔어요. 아들의 말을 들어보니 경기도에 위치한 반도문화재단 갤러리에서 2020년 초에 열렸던 '작가(김두엽, 이현영)와의 만남' 자리에서 우리는 이미 처음 만났었대요. 그 자리에 나도 있었는데 자세히 기억이 나지 않아요. 작가와의 만남이 끝나고 아들과 며느리는 저녁 식사를 함께 하며 첫인사를 나누었대요.

그림 그리는 할머니
김두엽입니다

칠복이와 뿡뿡이

34.5×25cm, Acrylic on paper, 2020

갈색 강아지가 칠복이, 흰색 강아지가 뿡뿡이입니다.

생일 꽃

26×36cm, Acrylic on paper, 2021

흰 꽃 난초
24.5×35cm, Acrylic on paper, 2017

고양이와 화분
26.1×36.4cm, Acrylic on paper, 2021

꽃병
24.5×35cm, Acrylic on paper, 2019

큰 꽃
20×25cm, Acrylic on paper, 2020

며느리가 살던 경기도와 우리 집 광양은 참 멀어요. 그림을 사겠다고 그 먼 길을 오다니, 정성이 대단하지요? 여하튼, 며느리는 자신의 딸과 함께 어스름해진 저녁 즈음에 우리 집에 도착했어요. 저녁밥을 먹으려던 차에 온 손님이라 아들은 식당에 가서 식사 대접을 해야 한다고 나가자며 손님들을 재촉했더랍니다. 정작 며느리 모녀는 집밥도 좋다며 사양하더니 결국 이기지 못하고 따라 나서더라고요. 나는 다리가 불편해서 식당에 가는 건 무리일 것 같아 함께 가지 않았어요.

식사를 마친 세 명이 돌아오고 나서, 두 사람을 다시 자세히 보니 인상이 참 좋더라고요. 그때만 해도 이들이 내 가족이 될 거라고는 생각도 못 했는데…….

밤이 깊어서 마당에 있는 아들 작업실에 가기가 어려웠어요. 아들 그림은 다음 날 보여주기로 하고 대신 방에 있던 내 그림들을 보여주었네요.

그러는 사이 아들은 자기 방에 두 사람의 잠자리를 준비했어요. 한밤중에 여자 둘을 낯선 시골 호텔로 보내는 게 맘에 걸렸나 봐요.

다음 날 아침 일찍, 식사 준비를 하는데 며느리가 부엌으로 와 밥하는 걸 거들겠다는 거예요. 덕분에 도란도란 얘기를 나누며 즐거운 시간을 보냈답니다. 서울말을 쓰는 며느리는 꼭 텔레비전에 나오는 아나운서 같았어요. 똑 부러져 보여서 좋았어요.

"어머니, 머리가 좀 길어요. 제가 미용해드릴까요?"
"오메~~~ 소영 씨. 머리를 자를 줄 아신당가요? 안 그래도 미장원에 가려고 했는데……"
"어머니, 제가 봉사하려고 미용 기술을 배웠어요. 제가 예쁘게 잘라드릴게요."

며느리는 밖에 세워놓은 차에 가서 가방을 들고 왔어요. 가방 속에는 가위, 집게, 커트보자기, 바리캉, 면도칼 등이 들어 있었어요. 갑작스레 마루에 차려진 우리 집 미용실. 임시 의자에 앉아 며느리에게 머리를 맡겼답니다.
어느새 다 됐다고 하여 거울 속 나를 보니 아주 마음에 들었어요. 미용실에서 돈을 주고 미용을 해도 선머슴처럼 머리카락이 너무 짧아서 마음에 들지 않을 때가 많았거든요. 며느리가 해준 머리 스타일은 귀도 적당히 가려지고 앞머리도 제가 딱 원하는 길이였어요. 며느리는 미용 도구를 치우고 걸레를 빨아 구석구석 주변 청소까지 해주었어요. 얼마나 고마웠던지요.

구십 평생을 살면서 이렇게 내 맘에 쏙 드는 사람은 처음 봤네요. 당시에는 생각도 못 했지만 지금 생각해보니, 아마 며느리는 처음부터 우리 가족과 연이 닿을 사람이었던 것 같아요. 낯선 사람을 보면 어김없이 짖어대던 우리 집 강아지 칠복이도 며느리가 처음 오던 날에는 짖지 않고 꼬리를 살랑이며 반겨주었던 걸 보면 말이에요.

그림 그리는 할머니
김두엽입니다

댓돌 위에
신발 세 켤레

눈치를 보아하니 아들과 며느리는 그 후로 통화도 하고, 영상통화로 얼굴도 보며 지내는 것 같았어요. 싫지 않으니 그러겠지 싶어 아들에게 슬쩍 속마음을 물으니, 어머니 맘에 들면 자신도 좋다며 수줍어하네요.

밤이 늦었는데 아들은 식탁에 가만히 앉아 있습니다. 그 모습이 전보다 더 쓸쓸해 보이는 건 나의 착각이었을까요? 며느리가 다녀간 뒤로 아들의 외로움이 더 짙게 느껴졌어요. 이제 내가 나서야겠다는 생각이 들었어요.

"여보세요~"
전화기 너머로 며느리의 목소리가 들립니다.

행복한 집
36.2×26cm, Acrylic on paper, 2020

감 따는 풍경
26×36cm, Acrylic on paper, 2019

"내가 누군지 알겠는가요?"

"그럼요. 현영 씨 어머님이시죠."

며느리는 아들보다 나이가 몇 살 더 많지만 목소리는 맑고 젊었어요.

"우리 아들 마음을 전해주려고 전화를 했네요⋯⋯. 우리 아들을 어떻게 생각하는가요?"

"현영 작가님 좋지요."

원하던 대답을 들으니 기분이 너무 좋았어요.

그래서 노래를 불러주고 싶어졌어요.

믿어도 되나요~~ 당신의 마음을

흘러가는 구름은 아니겠지요

사랑한단 그 말 너무 정다워

영원히 잊지를 못해

아들을 대신해 제대로 마음을 전하고 싶은 생각에 최헌의 노래 〈앵두〉가 절로 나왔네요. 나중에 며느리에게 이 일을 물어보니, 당시에는 너무 갑작스러웠지만 그래서 감동도 더 컸다고 해요.

며느리는 그 후로도 먼 길을 몇 번이나 찾아왔어요. 참 다행이고 기뻤어요. 며느리와 아들은 그렇게 점점 더 깊은 인연이 되어갔고, 둘은 마침내 결혼하기로 마음을 모았어요. 그런데 하나 문제가 있었어요. 경기도에서 일을 하던 며느리는 다니던 직장이 좋다며 계속 다니고 싶어 했어요. 당연해요. 나라도 그랬을 거예요. 며느리는 결혼을 하더라도 주말부부처럼 지내기를 바랐지만, 아들은 한시라도 떨어져 살기 싫었나 봐요. 그리고 아들이 결국 며느리의 마음을 움직였나 봐요. 얼마 뒤 며느리가 우리 집에 살러 온 걸 보니…….

하나 남은 막내아들 결혼식을 번듯하게 해주고 싶었어요.
광양 사람들 다 모아놓고 "우리 막내아들이 드디어 장가를 갑니다."라고 크게 외치며 성대한 잔치도 열고 싶었어요.
하지만 코로나19 때문에 결혼식과 잔치는 그림의 떡이 되었어요. 결혼식은 코로나가 진정되면 하기로 하고 가족들만 모여 조촐히 식사하는 것으로 축하를 했어요.

내가 죽은 다음에 아들이 혼자 지낼 것을 생각하면 맘 편히 눈을 감지

댓돌 위에
신발 세 컬레

못할 것 같았는데 지금은 안심이 됩니다. 며느리는 성격이 밝고 아들은 다정해서 둘이 잘 지내는 걸 보면 부러운 마음도 들어요. 그렇지만 둘이 잘 살아주니 그것만으로 얼마나 다행이고 감사한 일인지요.

지금, 전라남도 광양 우리 집에는 세 식구가 살고 있어요.
오늘은 흰 도화지에 우리 집을 그리고 토방 아래 신발 세 켤레를 그려 넣었어요.

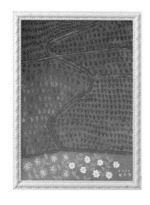

논길
26×36.2cm, Acrylic on paper, 2020

그림 그리는 할머니
김두엽입니다

마당이 있는 집

36.2×26cm, Acrylic on paper, 2021

우리 집 강아지,
칠복이와 뿡뿡이

아들 현영이는 강아지를 참 좋아해요. 그래서 강아지 아니, '개' 그림
도 잘 그리나 봐요. 내 막내아들 이현영 화가는 2015년 대한민국미술
대전 구상 부문에서 입선을 했어요. 정말 기뻤어요. 그때 상을 받은
작품은 젖을 먹이는 개를 그린 〈강아지들〉이란 그림이에요.

어느 날 아들이 강아지 한 마리를 데리고 왔어요. 이사를 하게 된 지
인이 형편상 한두 달 정도만 돌봐달라고 부탁했다면서요. 그 아이 이
름이 칠복이. 아주 잘생긴 녀석이에요.

칠복이는 만 한 살도 안 돼서 우리 집에 왔어요. 시골 똥개는 마당이
제집이지만, 아직 어린 아가라 집 안에 들여놨어요. 그런데 신통하게

도 이 녀석이 알아서 화장실에 오줌똥을 누더라고요.

"아고, 예뻐라~ 화장실에다 똥 눌 줄도 알고!"

강아지를 별로 좋아하지 않는 내 눈에도 칠복이는 예뻐 보이더라고요. 아들이 택배 일을 나가고 혼자 집을 지키고 있으면 적적할 때가 많았어요. 그래서 강아지 한 마리 키우면 좋겠다고 생각했는데 마침 그럴 때 온 아이라서 더 예뻐 보였어요.

칠복이가 왕왕 짖어서 마루문을 열고 내다보면 우체부가 와 있곤 했어요. 혼자 있을 때 낯선 사람이 오면 무서울 때도 있었는데⋯⋯. 칠복이는 나에게 고마운 개가 되었답니다.

뿡뿡이는 한 맺힌 사연의 주인공이에요.

우리 집에 칠복이 한 마리면 그만이지, 막내아들은 어느 날 또 강아지 한 마리를 안고 들어왔어요. 도로에서 방황하는 강아지를 본 아들이 "이리 와~" 했더니 얼른 아들 품에 안겼대요. 아들은 주인을 찾아주려고 몇 시간이나 길거리를 돌아다니며 수소문했지만 실패했고, 보호소에 맡길까 생각도 했대요. 그런데 강아지들이 보호소에서 새 주인을 만나지 못하면 결국 안락사를 당한다는 말을 들어서, 불쌍한 마음에 집으로 데려온 거였어요.

아들이 첫날 데리고 자는데, 밖에서 나쁜 것들을 얼마나 많이 주워 먹

우리 집 강아지,
칠복이와 뿡뿡이

강아지 칠복이
20.3×25.4cm, Acrylic on paper, 2021

강아지 뿡뿡이
20.3×25.4cm, Acrylic on paper, 2021

었는지 강아지가 밤새 방귀를 뿡뿡 뀌어대는 게 아니겠어요? 그래서 '뿡뿡이'라고 이름 붙여줬지요.

참, 여러분 그거 아세요? 아들과 나는 2019년에 텔레비전에 나왔어요. 〈인간극장〉이라는 프로그램이요. 그 방송을 찍을 때 카메라를 든 피디들을 보고 칠복이가 얼마나 심하게 짖어대는지, 촬영을 할 수가 없을 정도였어요. 그래서 결국 칠복이는 뒷마당으로 보내졌어요. 그래서 뿡뿡이만 방송에 크게 나왔어요. 사실 나는 칠복이를 더 좋아하는데, 아쉬웠지요.

저는 집 그리기를 좋아해요. 시집가기 전에 부모님과 함께 살던 그리운 집도 그리고, 멋져 보여 내심 부러웠던 이웃집도 그린답니다. 하지만 아무리 집이 멋진들 강아지가 없으면 왠지 허전해 보여요.
그래서 마당에 강아지도 그려요. 제 그림에서 강아지를 찾아볼래요?
하얗고 작은 강아지는 뿡뿡이고, 누렇고 좀 크면서 날씬한 강아지는 칠복이랍니다.

우리 집 강아지,
칠복이와 뿡뿡이

산책

25×34.5cm, Acrylic on paper, 2020

빨래 너는 풍경
36×26cm, Acrylic on paper, 2021

다리가 있는 마을
36.2×26cm,
Acrylic on paper, 2021

⟨인간극장⟩의 추억

"어머니, 아침에 방송하는 ⟨인간극장⟩ 알지요?"
"당연히 알지. 재밌어서 자주 보는걸."

아들이 그렇게 물은 지 며칠이 지나서 네 명의 선생님들이 우리 집에
왔어요. 나에게는 인사만 하고, 집 앞 당산나무 아래에 앉아 막내아들
과 한 시간 넘게 회의를 하고 가셨죠. 그리고 삼 일 후에 카메라를 든
사람과 피디라는 사람이 촬영을 한다고 우리 집에 또 왔어요. 친절하
고 좋은 사람들이라 마음이 편했어요.

그 사람들은 우리가 일어나기도 전인 이른 시간에 대문 밖에 와서 기
다리고 있다가 우리가 깨어나면 들어와 촬영을 시작했어요. 막내아

들이 출근도 하기 전 이른 새벽 시간이었는데, 얼마나 피곤할까 걱정이 되었죠. 하여간 두 명이 날마다 와서 촬영을 하다가 우리가 잠들면 돌아가는 것을 무려 십팔 일 동안 했어요. 아들이 택배 일하러 나가면 혼자 심심할 때가 많았는데, 〈인간극장〉 팀들과 같이 대화도 하고 즐거운 시간이었어요.

한번은 살짝 찢어진 파리채를 내가 실로 꿰어 쓰는 것을 보더니 피디 선생이 파리채 두 개를 사 와서 뒤춤에 감췄다가 살며시 와서는 짠! 하고 놀리며 선물을 해주어서 한참 웃었네요. 그리고 과일과 간식거리도 사 와서 같이 먹으며 즐거운 일상을 함께 보냈어요.

그런데 이상하게도 자꾸 내 몸이 아팠어요.

제일 심했던 것은 가슴이 두근두근 방망이질을 하는 거였어요. 왜 이렇게 가슴이 뛰는지, 어디 병난 것은 아닌지 걱정이 되었죠. 딸들과 며느리들에게 얘기해서 병원에 갔는데 낫지는 않고 더 아프기만 했어요. 동네병원에선 큰 병원으로 가라고 해서 그리로 옮겨 진찰도 받고 약도 타다 먹고 했어요. 이상하게도 촬영을 하는 동안에는 밥을 두 숟가락 이상 먹을 수가 없었어요. 밥이 더 넘어가지 않는 거예요.

방송 내용 중에 내가 삼겹살을 안 먹는다고 막내아들이 눈물을 흘리는 장면이 나오는데, 아마 아들은 이러다가 자기만 남겨두고 내가 죽을까 봐 걱정이 되어 그리 슬피 울었던 것 같아요.

게다가 오른쪽 옆구리는 왜 그리 아프던지요. 숨을 들이쉬고 내쉬어도 통증이 계속 있었고, 다리 쪽으로는 막대기가 쿡쿡 찌르는 통증이 왔어요. 그래서 피디 선생이 나를 병원에 데려간 것도 여러 번이었어요.

그런데 이상한 것은 촬영이 끝난 그다음 날부터 거짓말처럼 온몸이 하나도 아프지 않았다는 거예요. 아마도 촬영을 한다고 해서 내가 긴장을 했던 것 같아요. 피디 선생들은 다 좋으신 분들이라 나에게 친절하게 대해주었고 긴장하지 않도록 신경도 많이 써주었는데, 아무래도 긴장이 되긴 했나 봐요.

방송을 찍으면서 막내아들과 함께 산에 갔었는데 그때 참 재밌었어요. 스케치북과 물감을 챙겨가서 머구대(머위)랑 나물을 좀 딴 뒤에 산에서 아들과 나란히 앉아 그림을 그렸어요. 매일 집에서만 그림을 그릴 줄 알았지 밖에 나가서 그림을 그릴 수 있다는 걸 처음 알았어요. 아들이 그린 그림을 보니 너무나 잘 그린 그림이었어요.

해안가 마을
32×24cm, Acrylic on paper, 2019

"너는 공부한 그림이라 참 잘 그리는구나."

"어머니 그림이 제 그림보다 나아요. 공부를 아무리 많이 해도 어머니처럼 예쁘게 못 그리네요."

높은 산 위에 올라 아래를 내려다보니 가슴이 뻥 뚫리는 듯 시원했고, 그림을 그리는 기분이 참 좋았어요. 간식으로 가지고 간 수박을 먹으려는데 칼이 없어서 막내아들이 대충 잘랐는데 지금도 그때를 생각하면 웃음이 나요. 나는 나이에 맞지 않게 가끔 장난꾸러기가 돼요.

"어머니, 내 볼에 수박씨를 '퉤!' 하고 뱉어보셔요."

"어떻게 아들 얼굴에다가 씨를 뱉어? 못 해! 안 해!"

그렇게 대답을 해놓고 생각해보니 재미있을 것 같아서, 정말로 아들 얼굴에 수박씨를 '퉤!' 하고 뱉었는데 아들 얼굴에 가 닿지 않았어요.

"에고, 어머니, 힘이 그것밖에 안돼요? 이번에는 좀 더 세게 다시 뱉어보세요." 하기에 있는 힘껏 '퉤!' 하고 뱉었더니 이번에는 아들 이마에 딱 붙는 거예요.

아들이 "어머니, 아직 힘이 꽤 좋네요." 하면서 웃기에 저도 너무 재미 있어서 '하하하' 하고 웃었네요. 그때를 생각하면 지금도 웃음이 나와요.

그때만 해도 막내아들은 장가를 안 가고 혼자였어요. 그래서 내가 죽으면 막내아들 밥은 누가 챙겨줄라나, 하는 고민을 많이 했어요. 〈인간극장〉 피디 선생이랑 그때 함께했던 사람들이 다 보고 싶네요.

작은 집, 작은 마당,
따뜻한 집

2019년 7월 〈인간극장〉에 나온 우리 집을 보셨나요?

우리 집 대문은 아들이 직접 나무를 사다 만든 하얀색 대문이에요. 아들은 그림만 잘 그리는 게 아니라, 손재주도 참 좋아요. 나무를 사가지고 와서 뚝딱뚝딱하더니 멋진 대문을 금세 만들더라고요.

마당 양옆으로는 화단이 있고, 배나무와 감나무도 있어요. 마당 바닥에는 작은 벽돌을 깔았고 현관 앞에는 시냇물이 흘러가는 모양의 작은 화단이 있어요. 아직 3월이 되지 않은 이른 봄인데 화단에는 수선화들이 와글와글 올라오고 있어요. 작년에 피었던 것보다 두 배는 많아 보여요. 아마도 수선화가 땅속에서 새끼를 쳤나 봅니다.

이 집에 이사 오기 전, 나는 광양 읍내에 있는 작은 아파트에서 월세를 내고 살았어요. 그때 아들은 산속에서 혼자 살고 있었죠. 아들의 이야기를 들어보면 그곳엔 전기가 들어오지 않아서 초를 켜고 살았대요. 수염도 기르고 머리는 상투를 틀고 마치 도인처럼 살다가, 산 밑 마을에서 농기계 창고를 빌려서 생활하며 그림을 그렸대요. 그런데 어느 날 창고 주인이 건물을 헐어버린다고 해서 다른 곳으로 옮겨야 하는 상황이 되었다네요.

나도 나이 들어 돈벌이를 못 하는데 다달이 월세를 내려니 힘들었어요. 그래서 이참에 아들이랑 같이 살아야겠다 싶더라고요. 해서, 마침 빈집이었던 이 집을 장만했어요. 오래 비어 있던 집이라 흉물스러워서 마을의 골칫거리였던 집이죠. 그래서 아주 싼값에 살 수 있었어요.

그리곤 별 준비도 없이 덜컥 이사했어요. 사람이 살지 않던 집이라 문도 잘 열리지 않았고, 창문도 마찬가지였어요. 바닥은 다 깨져 있고 마당과 집 뒤뜰에는 쓰레기가 산처럼 수북한 것이 마치 도깨비 집 같았죠. 그래도 우리 둘 마음은 참 좋았어요. 처음 가져보는 우리 집, 얼마나 기뻤는지요.

하지만 기쁨도 잠시, 곧 고생이 시작되었어요. 집수리할 돈이 별로 없어서, 막내아들과 나는 힘을 합쳐 직접 집을 고치기로 했어요.

우리 집
34.5×25cm, Acrylic on paper, 2019

나야 나이 먹고 몸도 성치 않으니 아들에게 밥을 지어 먹이고 조수 노릇만 했지만 아들은 집수리를 하느라 고생을 너무 많이 했어요. 그 얘기를 하려면 며칠 밤을 새워야 할 정도예요.

깨진 방바닥은 시멘트를 발라 수리하고 남이 쓰던 장판을 구해다가 깔았어요. 그래서 지금도 아무리 쓸고 닦아도 깨끗해지지 않아요. 명색이 신혼집인데, 막내며느리한테 미안한 점이에요.

벽은 또 어땠는지요. 허름하게 대어져 있던 합판을 떼어냈더니, 옛날에 짚과 흙을 섞어 만든 벽돌들이 다 헐어서 구멍이 나 있었어요. 집을 팔기 전에 보기가 너무 흉하니까 주인이 대충 합판을 대놓았던 모양이에요. 방법이 없어서 샌드위치 패널을 사다가 바깥쪽에 대어놓고 안쪽 벽은 시멘트를 발라 수리를 했죠. 그래서 지금도 안쪽 벽들은 울퉁불퉁해요. 벽이 반듯해야 벽지를 위에서부터 아래까지 길게 바를 수 있는데, 그렇지 않으니 한지를 도화지 크기로 잘라 조각조각 도배를 했어요.

창문들은 하나같이 열리지도 닫히지도 않아서 새 창문을 사다가 달았는데도 한참 동안은 집이 너무나 추웠어요. 그래서 전기장판을 깔고 모자를 쓰고 양말을 신고 솜 잠바를 입은 후 두꺼운 솜이불 속에 얼굴까지 파묻어야 겨우 잠을 잘 수 있었어요. 내 기억으로는 6·25 난리도 이 정도는 아니었던 것 같아요.

장미가 피는 유월
36.2×26.2cm, Acrylic on paper, 2019

수선화 정원
30.1×23cm, Acrylic on paper, 2020

전 주인은 마당에서 농사를 지었던 것 같아요. 아들이 그곳을 평평하게 다진 후 벽돌을 깔아 모양을 내서 화단을 만드니 제법 보기가 좋았어요.

〈인간극장〉을 보고 많은 사람들이 우리 집을 찾아오기 시작했어요. 칠복이가 짖어서 내다보면 부부가 오기도 하고, 여자들 여럿이 오기도 했어요. "여기가 〈인간극장〉에 나온 화가 할머니 집인가요?" 나는 사람들이 찾아오는 것이 반가웠어요. "아이고, 어디서 오셨을까요?" 하고 물으면 서울, 강원도, 경기도 등등 다양한 대답이 나왔어요. 전국 각지에서 많은 분들이 우리 집에 찾아왔지요.

뿐인가요? 감자, 떡, 과일, 과자, 빵이 택배 차를 타고 우리 집에 도착했어요. 〈인간극장〉 방송 덕분에 생전 얼굴도 모르는 분들에게 나는 너무나 많은 것들을 받았어요. 관심과 사랑, 응원과 격려도 무척 고마운 선물이 되었어요.

이 나이 먹어 이렇게 큰 사랑을 받다니 정말 고맙습니다.

앞에서 우리 집이 춥다고 했잖아요?
막내아들의 고생 덕분에 지금은 내복만 입고 자도 따뜻합니다.

막내며느리가 이 집에 온 후로 아들이 이곳저곳을 많이 수리했어요.

그래서 지금은 따뜻하고 좋답니다.

우리 집에 와보셔도 좋아요. 앉을 곳이 있답니다.

세 여인
36.4×26cm, Acrylic on paper, 2020

작은 집, 작은 마당,
따뜻한 집

나무 아래서

46×38.3cm, Acrylic on paper, 2021

놀이

36.2×26cm, Acrylic on paper, 2021

엄지공주의 주방

며느리의 이삿짐 차에는 짐이 한가득 실려 있었어요. 며느리가 가져온 신식 김치냉장고와 냉동고를 넣느라 우리가 오래 쓰던 구식 김치냉장고는 빼냈어요. 스테인리스 밥공기와 식당을 하던 딸네서 얻어온 반찬 접시도 밖으로 내보내고, 예쁘고 하얀 도자기 그릇으로 그 자리를 채웠어요. 색이 바랜 냄비와 솥도 부엌 밖으로 쫓겨났어요. 며느리가 가져온 냄비는 반짝반짝 빛이 나서 참 좋았어요. 며느리의 말로는 다 사용하던 살림들이라는데 흠 하나 없이 깨끗해서 마치 새것 같았어요.

접시와 밥공기, 대접은 두툼한 도자기인데 무겁지도 않고 예쁜 꽃들이 그려져 있었어요.

엄지공주 주방

51×36.2cm, Acrylic on paper, 2020

"아야~ 그 접시 좀 줘봐라. 거기 꽃이 예쁘네. 내가 한번 그려볼란다."

접시를 앞에 놓고 그림을 그립니다. 영국이라는 나라에서 사용하는 그릇이라는데, 외국에서 와서 그런지 꽃들이 참말로 예뻐요.

꼬박 앉아서 꽃 그림 네 장을 그렸어요. 며느리도 내 그림 솜씨가 훌륭하다고 하니 기분이 좋네요.

사실 아들은 며느리가 오기 전부터 걱정이 많았어요.

"부엌을 고쳐야겠어요. 넓은 집에 살던 사람이라 불편할 거예요."

그러더니 택배 차에 나무를 실어 와서는 자로 재고 쓱쓱 톱질을 해서 드르륵 나사못을 박습니다. 며느리는 새 싱크대를 사고 싶은 눈치인데, 천장이 낮은 우리 집 부엌에는 상부 장을 달 수가 없어요. 싱크대를 들이면 식탁 놓을 자리도 없어지고……, 그러니 어쩌겠어요. 아들은 스테인리스 개수통을 사서 그 아래에 나무로 된 다리를 달았어요. 그리고 두 칸짜리 나무 선반을 달아 그릇들을 올려놓았어요. 며느리는 선반이 그릇의 무게를 이기지 못해 떨어지면 어쩌나 걱정이 되는지, 아들한테 몇 번이나 안전한지 묻네요. 안심이 되지 않는 눈치입니다.

아들은 식탁도 직접 만들었어요. 나무 여러 개를 덧대어 상판을 만들고 가운데를 파서 전기레인지도 넣었어요.

그림 그리는 할머니
김두엽입니다

포트메리온
36.2×26.1cm, Acrylic on paper, 2020

포트메리온
36.2×26.1cm, Acrylic on paper, 2020

포트메리온
36.2×26.1cm, Acrylic on paper, 2020

포트메리온
36.2×26.1cm, Acrylic on paper, 2020

며느리가 가져온 '포트메리온' 그릇 속 꽃을 따라 그렸어요.
여러분의 집에도 이것과 똑같은 꽃 그림의 그릇이 있나요?

며느리는 냉장고도 가득 채워 가져왔어요.

배추김치, 깍두기, 열무김치, 물김치, 백김치 등등 종류도 다양하네요. 맛을 보니 간도 딱 맞고 아주 맛났어요. 며느리는 그동안 김치를 담은 적이 한 번도 없다는데, 그 많은 김치를 가득 가지고 온 것이 참 고맙고 대견했어요. 냉동고 안에는 마른 멸치, 오징어채, 북어채, 돼지고기, 소고기, 닭고기, 고춧가루, 들깻가루, 콩가루와 여러 가지 생선들, 땅콩, 아몬드, 잣도 가득했어요. 내가 좋아할 거라며 영광 굴비도 사십 마리나!

나는 너무나 좋아서 동네 사람들에게 마구 자랑했네요.

"우리 며느리가 빈 냉장고를 가지고 온 것이 아니고, 먹을 것을 가득가득 채워서 왔어요. 우리가 부자가 되어부렀당께요!"

며느리가 온 뒤로 생전 먹어보지 못한 맛있는 음식을 많이 먹었어요. 작년 5월 8일 어버이날에는 며느리가 잡채와 불고기로 상을 차려줬네요. 하지만 밖에서 일하고 있을 아들 생각에 혼자 먹기 싫었어요.

"어머니, 그럼 음식들을 싸가지고 가서 현영 씨랑 같이 먹을까요?"

"그래도 될까? 된다면 그렇게 하자."

며느리는 빨간색 차에 나를 태우고 출발합니다.

약속 장소에 도착하니 아들이 반가운 얼굴로 기다리고 있네요. 따뜻한 햇살이 가득한 공원 벤치에서 맛있는 도시락을 먹습니다. 아들은 신이 나는지 밥도 잡채도 불고기도 다 맛있게 먹네요. '오늘 같은 날이 또 올까?' 행복해하는 아들의 모습을 보니 며느리에게 눈물이 나도록 고맙고 또 고마웠어요.

며느리는 우리 부엌을 '엄지공주의 주방'이라고 부릅니다.

엄지공주가 누구냐고 물으니 동화책 주인공이래요. 엄지손톱만 한 아기라는데 우리 집 부엌이 좁고 작아서 아마 엄지공주 부엌이라고 부르는 모양이에요.

며느리와 아들은 저녁 늦은 시간까지 부엌에서 옆에 붙어 있습니다. 설거지하는 며느리가 심심할까 봐 같이 있어준다고 핑계를 대면서 아들은 식탁에 계속 앉아 있어요. 실은 며느리가 예뻐서 그러는 거, 저도 다 알고 있네요. 아무쪼록 아들과 며느리가 앞으로도 예쁘게 살았으면 좋겠어요.

집으로
46×38.3cm, Acrylic on paper, 2021

고추 말리는 가을
36.2×26.1cm, Acrylic on paper, 2019

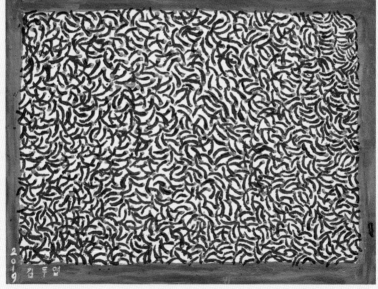

고추밭
36.2×26.1cm, Acrylic on paper, 2020

고추 말리기
36.2×26.1cm, Acrylic on paper, 2019

세상에서 가장 좋은
나의 화실

우리 집은 평수가 워낙 좁아 모든 공간이 다닥다닥 붙어 있어요. 몇 걸음이면 이 끝에서 저 끝까지 갈 수 있지요.

거실 창가에 놓인 책상이 바로 내가 그림을 그리는 공간이에요. 그림을 그리다 지겨우면 창밖을 내다볼 수 있어서 좋아요. 따스한 햇살도, 그것을 이불 삼아 자는 칠복이와 뿡뿡이도 볼 수 있으니까요. 원래는 부엌 식탁을 대충 치워놓고 도화지랑 필요한 물감 몇 개만 올려놓은 채 그림을 그렸어요. 그런데 〈인간극장〉을 찍을 때, 나무로 뭐든 뚝딱뚝딱 만드는 아들의 솜씨를 궁금해하는 피디 선생에게 보여주려고 아들이 나무로 내 책상을 만들어줬지요. 좁은 거실에 놓인 아주 작은 책상이지만, 세상에서 가장 좋은 내 화실이랍니다.

시계가 걸린 방

36.2×26.1cm, Acrylic on paper, 2019

찐건나블리
삼남매를 그리다

그림을 그리다가 눈이 침침해지고 다리가 저리면 방으로 들어가 누워 텔레비전을 보기 시작합니다. 조용히 쉬는 건 너무 적적하다는 생각이 들어 늘 텔레비전을 켜놓아요.

채널은 5번, 7번, 9번, 11번 등등 몇 개 외워뒀어요. 제가 좋아하는 가요 프로그램을 보려고요. 임영웅은 정말 노래를 너무 잘 불러요. 흥얼흥얼 따라 부르다가 졸기도 하지요.

그래도 내가 가장 좋아하는 건 아이들이 나오는 프로그램이에요. 특히 <슈퍼맨이 돌아왔다>에 나오는 축구선수 박주호네 삼남매를 좋아해서 일요일 아침 8시에 하는 재방송을 꼭 챙겨 보고는 해요.

찐건나블리 가족

46×38.3cm, Acrylic on paper, 2021

한복을 입은 찐건나블리 삼남매를 그렸어요.
처음에 나는 양갈래 머리를 한 진우가
여자아이인 줄 알았답니다.

아빠와 함께 건후

46×38.3cm, Acrylic on paper, 2021

아빠와 놀고 있는 찐건나블리 삼남매 그림이에요.
요즘 아빠들은 아이들과 잘 놀아주니 참 보기 좋아요.
내가 아이들을 키울 때는 그렇지 않았거든요.

내 눈에는 머리를 양쪽으로 묶은 막내 진우가 정말 귀여워요.

나는 이제껏 진우가 여자아이인 줄 알았는데 며느리가 남자아이라고 알려줘서 깜짝 놀라 한바탕 웃었어요. 어쩜 그리 귀엽고 예쁜지, 넋을 놓고 바라보다 보면 시간이 후딱 가버려요. 진우 생일날 한복을 입고 '찐찐찐찐 찐우야~~'라고 노래를 부르며 축하해주던 나은이도 정말 예쁘고, 여자 한복을 입고서 활짝 웃던 건후도 너무 귀여웠어요. 죽기 전에 이 꼬마들을 한 번이라도 꼭 만나보고 싶어요.

며느리가 알려줬는데, 요즘 이 삼남매를 '찐건나블리'라고 부른대요. 귀엽고 사랑스런 아이들이라서 내가 그린 토끼 그림을 찐건나블리 삼남매한테 선물하면 좋아할까 싶어서 작은 토끼 그림도 그려놓았어요. 내가 딸아들을 키울 땐 이렇게 아이를 위한 그림 하나 그려주지 못했어요. 먹을 것도 입을 것도 풍족하지 않았으니까요. 그래서 텔레비전 속 아이들이 마음껏 먹고 놀며 자라는 걸 보면 내 마음이 참 좋아요. 아빠들이 아이를 데리고 놀아주는 것도 보기가 좋고요. 참말 좋은 세상이 되었구나 하고 생각합니다.

침대에 누워 두 발을 베개에 올려놓고 텔레비전으로 나은이네를 보다가 잠깐 졸기도 해요.

그러다가 점심 먹고 또 그림 그리고, 그림 그리다가 다시 텔레비전을 보고.

지난겨울 동안 신발 한 번 신을 일 없이 집 안에만 있었는데 '그림을 안 그렸다면 얼마나 심심하게 지냈을까?' 하는 생각이 듭니다. 그림을 그리니 '좋다' 하지요.

그림 그리다가 심심하면 텔레비전으로 찐건나블리를 보는 게 요즘 나의 일상이랍니다.

토끼와 나비
36×26cm, Acrylic on paper, 2021

삼남매를 닮은 토끼들

36×26cm, Acrylic on paper, 2021

쩐건나블리에게 주고 싶어서 그린 토끼 그림이에요.
토끼 세 마리가 꼭 쩐건나블리 같지 않나요?
얘들아, 이 그림이 너희들 마음에 들었으면 좋겠단다~

꽃을 그립니다

나는 오늘도 그림을 그려요.

동백꽃, 매화꽃, 무궁화꽃, 코스모스꽃, 장미꽃, 민들레꽃.

화분에 심은 동백꽃도 그리고, 매화나무에 꽃이 핀 것도 그립니다.

탁자 위에 놓인 '화병 속 개나리꽃' 그림을 보더니 아들이 함박웃음을
짓네요.

"어머니, 이 그림 참 좋네요. 나는 어머니가 그린 그림을 보는 게 제일
행복해요. 제 소원이 뭔지 알아요? 서울 예술의 전당 같은 큰 장소에
서 어머니 전시회를 열어드리는 거예요. 뉴욕이나 런던, 파리에서도
글로벌하게 열고요. 그러니까 어머니, 건강하게 오래오래 예쁜 그림
그리세요."

노란 꽃
21×34cm, Acrylic on paper, 2016

장미꽃
51×36.2cm, Acrylic on paper, 2020

장미꽃
51×36.2cm, Acrylic on paper, 2020

봄이 오는 산
46×38.3cm, Acrylic on paper, 2021

코스모스
36.2×26cm, Acrylic on paper, 2019

탁자 위의 개나리
24×32cm, Acrylic on paper, 2019

우리 집 마당은 아들이 만들어준 정원이에요. 거기에는 풀꽃들이 많아요. 나는 풀이 자라나 마당을 온통 덮을까 봐 뽑아버리는데, 막내아들은 다른 꽃들보다 풀꽃이 더 예쁘다고 하네요. 자세히 들여다보니, 정말 예뻤어요.

내일이나 모레쯤에는 수선화가 필 것 같아요.
초봄이 되면 수선화의 푸른 잎이 땅 위로 얼굴을 쑥 내밀고,
그 푸른 잎 위로 불룩한 봉오리가 탐스럽게 생기지요.
대문 밖에는 노란 개나리가 피고
담장 위로는 장미 넝쿨이 하루가 다르게 자라나겠지요.
팬지도 피고, 봉숭아꽃도 활짝 만개할 거예요.
어느 새 국화꽃이 필 테고,
국화가 질 때쯤에는
배나무 가지에 하얀 눈꽃이 소담스레 내려앉겠죠.

마당 담장 위로 꽃들이 필 때면
내 도화지에도 색색의 꽃들이 피어납니다.
며칠이 지나면 배꽃이 하얗게 피어날 것 같아요.

그림 그리는 할머니
김두엽입니다

그러면 나는 배꽃을 그릴 거예요.

나는 매일 두 눈에 꽃을 담고,

그 꽃을 그리며 살아요.

꽃과 함께 살고

꽃 그림을 그리며 살고

그렇게 마음에

꽃을 품고 살아가는 나는

세상에서 가장 행복한 할머니입니다.

그림이 주는 행복

그림 그리는 게 참 좋은데 나이는 속일 수 없어요.

그림을 그리고 있으면 여기저기 쑤시고 눈이 침침해져요.

"아고, 힘들다! 나 그림 안 그리고 쉴란다."

"어머니, 어여 쉬세요. 연세가 있으시니 당연히 힘드시죠."

쉬면서 시금치도 다듬고 마늘도 까면서 집안일을 거들지만, 이틀을

못 넘겨요.

"아야~ 그림을 안 그리니 시간이 지겹다."

결국은 또 그림을 그립니다.

그림 그리는 할머니
김두엽입니다

얼마 전에는 한 달 동안 딸네 집에 다녀왔는데 물감이랑 작은 스케치북을 챙겨 가서 거기에서도 그림을 그렸어요. 내 그림이 예쁘다며 외손녀가 거실 벽에 붙이네요. 물감을 많이 챙겨 가지 않아 다양한 색을 내지 못했어요.

'얼른 집에 가서 맘껏 그려야지.'
이럴 때는 정말 내가 그림쟁이가 다 된 것 같다는 생각이 들어요.

평생 온갖 고생 다 하며 살았는데, 내가 말년 복이 정말 좋은가 봐요.
우리나라에 구십 살 넘어 그림 그리는 할머니가 어디 있을까요?
제대로 공부한 적도 없는 할머니 그림을 사람들이 좋아해주니 얼마나 기분이 좋은지 몰라요.

얼마 전에 볼일이 있어서 며느리랑 농협에 갔어요.
창구 직원이 저를 알아보더니 "혹시 〈인간극장〉에 나오신 화가 어르신 아니셔요? 정정하시네요~ 만나 뵙게 되어서 영광입니다." 하는 거예요.
나처럼 나이 많은 늙은이를 화가라고 불러주니 참 고마웠어요.

나는 오늘도 또 그림을 그려요.

내일도 그릴 거예요.

내년에도 그리고 싶어요.

그림이 주는 행복이 매우 크기에,

힘들어도 오랫동안 그림을 그리고 싶어요.

나무 위의 집
36.2×26.1cm, Acrylic on paper, 2020

그림 그리는 할머니
김두엽입니다

새해 까치

25.4×20.3cm, Acrylic on paper, 2021

나는 매년 초에 손주들을 위해
까치를 그려 연하장을 만들어요.

첫 전시회가 열리다,
89세 어머니와 아들의 아름다운 동행

그림을 그리기 시작한 지 3년 정도 지났을 때, 집에 웬 손님이 왔어요.
막내아들을 만나러 왔다는데, 내가 그려놓은 그림을 보자는 거예요.
그래서 아무 생각 없이 보여줬는데, 그림이 좋다며 전시회를 해도 좋
겠다는 거예요. 그분이 바로 광양문화예술회관 소장님이었어요.

〈89세 어머니와 아들의 아름다운 동행〉
2016년 9월, 내 그림과 아들 그림이 함께 걸린 첫 전시회가 광양문화
예술회관에서 열렸어요. 참 어리둥절했어요. 더럭 겁도 났죠.

그림 그리는 게 좋아서 계속 그렸을 뿐인데, 그림 그리는 게 너무 재
미있어서 가끔 밥 먹는 걸 까먹으며 그냥 그렸을 뿐인데, 동네 할머니

들과 이바구하며 노는 것보다 그림 그리는 게 좋아서 열심히 그렸을 뿐인데, 내 그림이 미술대학을 졸업하고 큰 상도 받은 아들 그림과 함께 걸려도 되는 걸까.

내 그림을 보고 사람들이 '그림도 참 못 그렸네.' 하면 어쩌지 걱정도 됐어요. 내가 봐도 아들 그림은 정말 좋은 그림인데 내 그림은 거기에 한참 못 미치는 그림이니까요. 공연한 짓 하는 게 아닐까 하며, 전시회 전날까지 안절부절못했죠.

전시회 당일, 전시회장 안에는 아들의 그림과 함께 정말로 내가 그린 그림도 벽에 걸려 있었어요. 형편이 어려워서 모든 그림을 액자에 넣진 못했어요. 일부 그림은 그냥 도화지 그대로 벽에 붙여 전시되었어요. 삼 년 넘게 그린 그림들을 벽에 걸고 조명을 비추니 제법 알록달록 예쁘게 보여 다행이라는 생각을 했네요. 배운 것 없이 평생 고생만 하며 살아온 내가 전시회를 하다니, 게다가 아흔을 바라보는 나이에 이 무슨 영광인가 싶었죠.

"할머니, 안녕하세요."
"그림이 너무 예뻐요."

꽃 들 풍경
31×34.5cm, Acrylic on paper, 2014

나리꽃
34×21cm, Acrylic on paper, 2016

해바라기
34×21cm, Acrylic on paper, 2016

첫 전시회에 걸렸던 그림들이에요.

〈89세 어머니와 아들의 아름다운 동행〉
전시 리플릿

찾아오는 사람마다 인사를 하며 내 그림에 대해 좋게 말을 해주고 같이 사진도 찍자고 하니, 열여덟 처녀처럼 가슴이 두근거리고 기분이 참 좋았어요.

"어머니, 신문에 우리 얘기가 나왔어요."

신문에는 유명한 사람들의 소식이나 나쁜 사람들의 흉악한 짓만 나오는 건 줄 알았는데 전시회 덕분에 신문에 아들과 나의 사진이 크게 실리니, '참말로 출세했구나!' 하는 생각이 들면서 정말 좋았네요.

하지만 제일 좋았던 건 오랜만에 온 가족이 다 모였다는 거예요.
나는 아들하고 딸을 여덟이나 낳았는데, 각자 결혼하고 다른 곳에서 터를 잡고 살다 보니 명절에도 다 같이 모이는 게 참 어려웠거든요.
막내와 어미가 전시회를 한다고 하자 모든 자녀들이 한걸음에 달려왔어요. 아들과 며느리, 딸과 사위 그리고 손주까지 다 모이니 너무 기분이 좋아서 꼭 꿈같았지요. 뿐인가요. 친척들, 지인들, 친구들 그리고 친정의 형제들도 먼 길을 마다하지 않고 찾아왔어요.

그림 그리는 할머니
김두엽입니다

꿈만 같던 첫 전시회였지만 그림은 단 한 장도 팔리지 않았어요.

걱정이 또 시작되었어요.

아들 그림이 잘 팔려야 할 텐데…….

그 후로 나와 아들의 그림을 전시하고 싶다는 요청이 계속 이어졌고, 그 덕분에 열 번 넘게 전시회를 하게 되었어요. 그러나 여섯 번의 전시회를 할 때까지는 그림이 단 한 점도 팔리지 않았어요. 하지만 아들은 계속해서 호언장담을 하더라고요.

"어머니, 걱정하지 마세요. 언젠가는 내 그림을 좋아하는 사람들이 생길 거예요."

그런데 정말로 일곱 번째 전시회부터는 그림을 사는 사람이 생기기 시작했어요. 마냥 신기하고 신이 났어요.

〈인간극장〉 방송이 나간 후로는 더 많은 그림이 팔리기 시작했어요.

내 나이 아흔네 살. 그림을 그릴 수 있을 정도로 건강한 것만으로도 감사한데, 그림을 사주는 사람들까지 있으니, 이 얼마나 감사한 일인지요.

내가 진심으로 고마워한다는 것을 모두에게 알리고 싶어요.

나와 아들의
갤러리가 생겼어요

"그림 그리는 화가 할머니 댁이지요?"

우리 집에는 가끔 손님이 찾아와요.

예고 없이 오는 분들도 있고, 미리 전화를 주고 오는 분들도 있어요.
나와 막내아들의 그림을 두 눈으로 직접 보고 싶다며 서울에서 광양
까지, 먼 길을 오는 분들이 아주 많답니다. "아이고, 우리 집을 어떻게
알고 오셨당가요?"라고 물으면 사람들은 "<인간극장>에서 할머니 봤
어요. 그림이 정말 예뻐서 실제로 꼭 보고 싶었어요. 할머니도 뵐 겸
이요."라고 대답하지요.

참으로 신기해요. 내 그림이 뭐라고 이리들 힘들게 시골집까지 찾아
오는 건지. 내색은 안 하지만 반갑고 신기하답니다.

우리 집은 온통 그림 천지예요. 나도 매일 그림을 그리고 막내아들도 그리니 당연한 일이지요. 내가 그림을 그린 지 벌써 십 년이나 되었으니까요. 며느리는 "아이고, 어머니. 집 구석구석에 그림이 많아서 조금이라도 움직이려면 그림을 이리 밀치고 저리 밀쳐야 해요."라고 말해요. 그래서 며느리는 손님이 올 때마다 내심 신경이 쓰였던 것 같아요. 나는 <인간극장>을 촬영하며 이미 우리 집 살림살이를 다 보여주어서 괜찮은데, 며느리는 그렇지 않았던 모양이에요. 어느 날 며느리가 "어머니, 손님이 자주 오시니 읍내에 작은 갤러리를 열면 어떨까요?"라고 말했어요. 그 이야기를 듣고 나는 아주 깜짝 놀랐답니다. 나와 아들의 그림을 위한 갤러리라니! 생각도 해본 적이 없는 일이었지요. 며느리의 말을 듣고 상상을 해봤어요. 아이고야, 꿈처럼 좋더라고요. 손님들에게 그림도 보여주고 차도 대접하려면 집보다는 갤러리가 나을 것 같아서 며느리에게 얼른 그러자고 했어요.

막내아들과 며느리는 며칠 바쁘게 돌아다니더니 우리 집에서 차로 10분 거리에 알맞은 공간을 구했어요. 손수 페인트칠도 하고 수리도 하면서 갤러리를 꾸몄대서 나중에 가보니 깔끔하고 멋져서 기분이 좋았어요. 갤러리에 걸린 내 그림은 집에서 볼 때보다 훨씬 멋져 보였어요. 다른 갤러리에 걸려 있을 때보다 훨씬 더 편안해 보였고요.

나와 아들의
갤러리가 생겼어요

2021년 4월 1일. 갤러리를 열었어요. 아들, 딸, 손주와 많은 손님들이 와주어서 정말 기분 좋은 하루를 보냈어요.

갤러리 이름은 엠(M)이에요. 나 김두엽, 마더(mother)의 m, 막내아들이 좋아하는 마운틴(mountain)의 m, 며느리가 좋아하는 모던(modern)의 m이라고 해요. 기억하기도 쉽지요?

나와 내 그림이 보고 싶은 분들은 언제든 광양 갤러리 엠으로 오세요. 내 그림들이 여러분을 기다리고 있을 거예요.

우리 모자의 갤러리

36×26cm, Acrylic on paper, 2021

막내아들 부부와 갤러리에서 찍은 사진을 그림으로 그렸어요.
나와 내 아들의 그림을 보고 싶은 분들은 모두 광양으로 놀러 오세요.

갤러리 엠(M): 전라남도 광양시 광양읍 신재로 65, 2층

2장 아팠던 날도 지나고 나면
한 폭의 그림

첫사랑,
그와의 꽃밤 데이트

나는 1928년에 일본 오사카에서 태어났어요. 열여덟 살까지 일본에서 살다가 해방이 된 그다음 해에 한국에 왔어요. 일본에서 살 때의 일들은 너무나 오래되어서 기억이 잘 나지 않아요. 가물가물해요.

우리 가족은 아버지와 어머니, 결혼한 언니 부부와 조카딸, 그리고 여동생들이었어요. 다 합해서 열 명이었죠. 그래서 외롭지 않았어요. 아버지와 어머니는 자애로웠고 가족들은 서로 위해주던 따뜻한 가정이었어요.

당시 일본에는 한국인들이 다닐 수 있는 학교가 없었던 것으로 기억해요. 언니도 나도 동생도 모두 학교에 다니지 못했어요. 그래서 배운 것은 없지만 무슨 일을 하든지 솜씨는 좋았어요. 열다섯 살 때쯤 손바느질로 원피스를 만들어 입었던 기억이 나네요. 연보라색 바탕에 좀더 진한 보라색 줄무늬가 있는 예쁜 천을 가지고 손바느질을 해서 허리에 주름을 넣어 만들었어요. 외출할 때는 내가 직접 만든 기모노를 입었어요. 사실, 세상 만들기 쉬운 옷이 기모노예요. 아주 큰 네모난 천을 반 접어 목깃을 따로 달고 소매도 달면 끝이거든요.

언니가 시집가기 전, 언니와 함께 책 만드는 공장에 다녔어요. 그림과 글이 새겨진 알록달록한 종이를 시키는 대로 분류하면 되는 일이었죠. 그 후 언니는 과자공장으로 가고, 나는 단추공장에 다녔어요. 단추공장 사장님은 한국인이었는데 교복 단추를 포함해 여러 모양의 나무 단추를 만들었어요. 노래 부르기를 좋아하던 나는 노래를 부르면서 단추를 만들었던 기억이 나요. 사장님은 나에게 일을 잘한다며 월급날이 되면 보너스를 넣은 봉투를 하나 더 주시면서, 내가 똘똘하고 예뻐서 며느리 삼고 싶다고 하셨죠.

그런데 단추공장 사장님 아들은 참말로 저를 좋아했어요. 그 사람은 출퇴근 때면 나를 자전거 뒷자리에 태워서 공장과 집을 오갔어요. 나는 자전거에서 떨어질까 봐 그 사람의 허리춤을 꽉 잡았는데, 그때마다 가슴이 많이 설레었어요. 지금도 그때를 떠올리면 아련한 추억에 잠기게 됩니다. 벚꽃이 피고 꽃잎이 휘날리던 봄날이었죠. 들길에는 벚꽃과 이름 모를 노란 꽃들이 피어 있었어요. 그 사람과 함께 달린 들판은 푸르렀고 시간이 지나 누렇게 변한 들판을 달리기도 했어요. 그 사람은 비 오는 날과 햇빛 좋은 날, 그리고 바람이 부는 날에도 늘 자전거에 나를 태웠어요.

그때를 생각하며 그린 그림이 있어요. 나무 아래서 두 남녀가 손을 잡고 데이트하는 그림인데, 며느리가 그림을 보더니 단번에 "어머니, 이 그림은 '꽃밤 데이트'예요."라고 하는 거예요. 그래서 그 그림의 제목이 〈꽃밤 데이트〉가 되었답니다. 사실 며느리한테 내 첫사랑과의 사연을 말한 적이 없는데, 어떻게 알았을까 참 신기합니다.

그림 그리는 할머니
김두엽입니다

꽃밤 데이트

51×36cm, Acrylic on paper, 2019

갈대가 있는 산
51×36cm, Acrylic on paper, 2019

다정한 두 사람

32×24.2cm, Acrylic on paper, 2020

바닷가 산책

32×24.3cm, Acrylic on paper, 2020

꽃 피는 밤에
36.3×26.1cm, Acrylic on paper, 2020

자전거 타고 씽씽
32×24cm, Acrylic on paper, 2018

첫눈 데이트
32×24cm, Acrylic on paper, 2018

눈사람
32×24cm, Acrylic on paper, 2018

단추공장 퇴근길
36×26cm, Acrylic on paper, 2020

그 사람의 자전거를 타고 함께 퇴근하는 그림이에요.
아주 오래 전 일이지만 바로 어제 일처럼 선명하답니다.

나는 당연히 그 사람과 결혼을 하리라 생각하며 살았어요.

그런데 어느 날 언니와 형부가 집에 와서 전쟁이 끝났고 해방되었다고 알려줬어요. 일본 사람이 한국 사람을 붙잡아 홀딱 벗겨 한국으로 보낸다는 소문이 파다하다는 소식도 전했고요. 언니네 부부는 험한 일을 당하기 전에 한국으로 가야 한다고, 아버지를 설득했어요.

우리 집 살림살이는 많지 않았지만, 전쟁 통에 무슨 일이 있을까 하여 '고리'라고 불리는 가방에 짐을 넣어 저수지가에 잘 숨겨두었어요. 비를 맞지 않도록 짚과 나뭇가지로 덮어놓고 집에는 당장 갈아입을 옷가지와 이불, 그리고 밥 해먹는 솥과 그릇들만 두었어요.

그런데 형부가 왔다 간 지 이틀이 채 안 되어 온 가족이 이른 저녁을 먹은 후, 저수지가에 숨겨두었던 짐까지 챙겨 한국으로 가는 배를 탔어요. 내가 사랑하는 그 사람에게 떠난다고 한 마디 말도 못 하고 가족들과 배를 탄 거예요. 배를 타는 내내 눈물이 흘러 그치지 않으니 아버지께서 나를 달래주셨어요. 나중에 연락할 방법이 있을 거라고요.

그때는 다시 못 만나게 될 줄 정말 몰랐는데,
그게 그 사람과 나의 마지막이 되었답니다.

그림 그리는 할머니
김두엽입니다

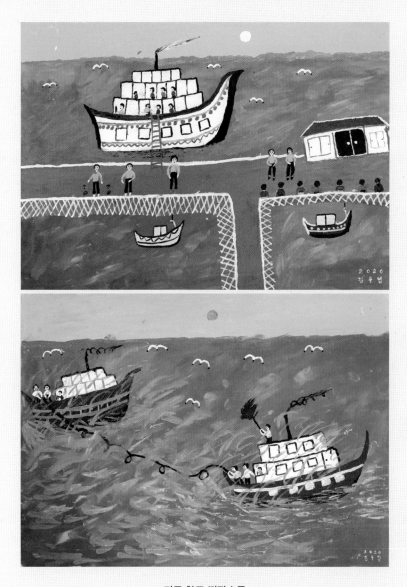

귀국 항구 떡장수들
51×36.2cm, Acrylic on paper, 2020

표류
50×36.2cm, Acrylic on paper, 2020

얼굴도 모르는
남자와 한 결혼

일본에서 살 때 우리 집은 가난하지 않아서 사는 게 그리 어렵지 않았어요. 하지만 한국으로 돌아온 뒤 우리 집 살림은 무척 어려웠어요. 아버지는 일본에서 번 돈을 허리춤에 매어 한국으로 가져왔어요. 그리고 도착하자마자 일본 돈을 한국 돈으로 바꾸러 나가셨어요. 하지만 이게 무슨 일인가요. 아버지는 빈손으로 돌아오셨어요. 소매치기가 그 돈을 훔쳐갔기 때문이에요. 그때부터 우리 식구의 갖은 고생이 시작된 거예요.

돈을 잃은 우리 가족은 전라도 광양의 옥룡에 있는 외갓집으로 갔어요. 당시 외할머니 댁은 밥을 굶어야 할 정도로 가난하지 않았던 것으로 기억해요. 하지만 외할머니는 우리 가족을 달가워하지 않았어요.

외할머니의 토란밭
36.3×26cm, Acrylic on paper, 2019

지금 생각해보니 나와 부모님, 그리고 배 안에서 태어난 여동생까지 우리 식구 넷이 무일푼으로 찾아갔으니 다 같이 살기 어려운 시절에 외갓집 식구들도 난감했을 것 같긴 합니다.

아버지는 외삼촌 도움으로 이 집 저 집으로 일을 하러 다녔는데 대부분은 돈을 받아오지 못하고 바가지에다 밥을 담아 돌아오곤 했어요. 그 밥을 가마솥에 넣고 물을 부어 끓여서 온 식구가 먹었던지라 늘 배가 고팠어요. 보다 못한 외삼촌이 밥이라도 먹고 살라고 중매를 서서 나는 외삼촌 며느리의 친정 오빠에게로 시집을 갔네요. 그때 내 나이 스무 살이었어요.

나는 시집가는 날도 미리 알지 못했어요. 어느 날 우리 집으로 찾아온 중매쟁이를 따라 언덕을 넘어 반나절 걸어서 시집을 갔어요. 중매쟁이가 보자기에 치마저고리를 싸서 나에게 줬어요. 그 보퉁이를 안고 따라서 갔는데, 만일 내 수중에 버스나 기차를 탈 돈이 있었다면 그길로 도망쳐 시집을 가지 않았을 텐데, 하고 생각해요. 집을 떠나 산을 넘는 내 마음은 말로 형용할 수 없이 서글펐어요. 내 신세가 이리도 처량한가, 수중에 그 몇 푼, 도망갈 차비가 없어서 어쩔 수 없이 시집을 가는구나…… 한탄을 하며 걷던 길이 지금도 생각나네요.

시집가는 날
32×24.3cm, Acrylic on paper, 2020

'저 집이 내가 시집갈 집이구나.'

동네를 내려다보니 어떤 집 마당에 사람들이 북적이고 있었어요.

키 큰 젊은 남자가 한 명 보이는데 옥색 바지저고리를 입고 있어서 '저 사람이 내 남편인가 보다.' 짐작을 했네요.

초례상이 차려지는데 사람들이 많아 정신이 하나도 없었어요. 혼례식을 치르고 첫날밤을 보내게 되었는데, 어떤 사람들은 집에 가지 않고 밤새도록 마당에서 먹고 마셨어요. 또 어떤 사람들은 내가 있던 방 문창호지를 손가락으로 구멍을 내어 장난질을 했죠.

첫날밤,
잠을 한숨도 못 자고,
치마저고리를 입은 채,
나는 시집살이를 시작했답니다.

그림 그리는 할머니
김두엽입니다

무척 가난하고
힘들었던 결혼 생활

시집을 오니 부모님 아래에서 살 때보다 훨씬 힘든 삶이 기다리고 있었어요. 시가에는 시어머니뿐만 아니라 시할머니도 계셨어요. 아이들을 낳아 살림도 하고 밭일과 들일도 해야 했어요. 그렇게 하지 않으면 먹고살기가 힘들었거든요. 먹고살기 위해, 살아남기 위해 코앞만 보고 살았던 것 같아요.

나는 배움이 짧아서 우리 부모님이 왜 일본으로 갔는지, 왜 한국인인 내가 일본 오사카에서 태어난 건지 하나도 알지 못했어요. 나의 인생 이야기를 들은 며느리가 "어머니, 그때는 말이지요~" 하고 잘 설명해 줘서 알게 되었어요.

메주 말리는 방

32×24cm, Acrylic on paper, 2019

"어머니, 그때는 일제 강점기라 우리 국민이 다 고생을 했어요. 그래서 어머니의 아버님이 돈을 벌기 위해 일본으로 가신 거고요. 그러다 나라가 해방되면서 일본에서 한국인 핍박이 엄청 심해졌어요. 그래서 일본에 거주하던 많은 국민들이 한국으로 돌아왔는데, 어머니 가족도 그때 귀국하신 거예요. 얼마 지나지 않아 한국전쟁까지 나서 고생이 더욱 심해진 거고요."

일본에서 십팔 년을 살다가 한국으로 온 나는 우리말을 대충 알아듣기만 했지, 제대로 말할 줄은 몰랐어요. 글과 말을 정식으로 배울 생각은 하지 못하고 생활하는 데 불편하지 않을 정도로만 겨우 듣고 말하기까지 몇 년이 걸렸어요. 지금 생각해보니 시어머니도 꽤나 답답하셨을 거예요.

하지만 시어머니는 제가 살림을 잘할 수 있도록 가르쳐주셨고 저를 많이 예뻐하셨답니다. 사실 나는 열여덟 살까지는 어머니가 해주는 밥만 먹고 지냈어요. 내 손으로 밥을 해본 적이 없었지요. 그러니 처음에는 얼마나 서툴렀겠어요.
밥을 한 번 하려면 절구에 보리를 찧어서 겨를 벗겨내야 했던 시절이에요. 흰쌀은 아주 조금만 씻어서 큰 가마솥 한가운데에 올리고, 보리

쌀을 흰쌀 주변에 빙 둘러놓고 밥을 지었어요. 가운데 쌀밥은 시어머니와 어른들께 드리고 나머지 밥은 잘 섞어서 내가 먹었어요. 그 시절에는 밥을 먹고 사는 게 너무나 힘들었어요. 그 기억이 너무 생생해요.

그 시절 얘기를 들은 며느리가 절구에 보리를 찧고 가마솥에 밥을 하는 장면을 그림으로 그려보라고 하네요. 고생스러운 날들이었겠지만 그 풍경은 참 정겹다고 하면서요. 그래서 오늘은 그 그림을 그리려고 도화지를 펼치고 붓을 들었습니다.

그림 그리는 할머니
김두엽입니다

밥 짓는 우리 집

36.2×26cm, Acrylic on paper, 2021

나는 칠십이 넘어 한글을 배웠어요.
그전까지는 한글을 몰라 버스나 기차를 타는 일도 어려웠지요.
은행 일도 아이들에게 부탁했고요.
한글을 배워 가장 좋은 점은
그림 귀퉁이에 내 이름 석 자를 쓸 수 있다는 겁니다.

닭들도 저렇게
다정한데……

우리말도, 살림도……, 모든 게 서툴던 세월이 지나고, 나는 아들과 딸을 낳았어요.

친정아버지는 참 다정한 아빠이자 남편이었어요. 그래서 남편도 나에게 그래주기를 바랐지만, 내 바람과는 많이 달랐어요. 아기를 안아주는 법이 없었고, 말 한마디 다정하게 건네는 법도 없었죠.

어느 날 이른 저녁을 먹고 쉬려는데 수탉이 유난히도 꾸꾸대는 거예요. 밖에 나가 자세히 보니 수탉의 발아래 곡식과 지렁이가 있더라고요. 마치 수탉이 꾸꾸거리며 암탉과 병아리를 불러서, 여기 먹을 게 있다고 알려주는 것 같았어요. 신이 나서 먹이를 먹는 암탉과 병아리를 보는데 왠지 마음이 슬퍼졌어요.

가족
51×36.2cm, Acrylic on paper, 2020

가족
32.5×22.5cm, Acrylic on paper, 2014

'말 못 하는 닭들도 제 가족을 챙길 줄 아는구나.'

내 신세가 너무 처량하게 느껴졌어요.

남편이 가족을 아낄 줄 모르는 게 속상하고 아쉬워서 그런 생각을 했던 거겠죠. 그때의 마음이 지금도 남아 있는지, 나는 닭을 그릴 때 지금도 수탉, 암탉 그리고 병아리들을 함께 그려요. 닭 가족을 그리는 거죠. 며느리가 이 그림의 제목을 〈가족〉이라고 지어줬어요. 나는 이 제목이 참으로 맘에 들어요.

아이들이 한창 자라던 시기에도 집안 형편은 나아지지 않았어요. 밤에는 이불 하나에 나와 아이들이 모두 들어가 잤어요. 발만 이불 속에 넣고 낮에 입던 겉옷을 이불 삼아 덮어야 했죠.

언젠가 밥상에 구운 생선을 내놓은 적이 있어요. 나도 무척 먹고 싶었지만 아이들이 먹는 걸 보기만 했죠. 그러다 생선 대가리가 덩그러니 놓여 있기에 그거라도 먹으려 했더니 작은아들이 나를 빤히 쳐다보더라고요. "엄마, 그거 내가 먹으면 안 돼?" 바로 아들 입에 넣어줬어요. 자식들 입에 밥 들어가는 걸 보면 '먹지 않아도 배부르다'는 말이 있지만, 생선 대가리 하나 맘 편히 먹을 수 없는 가난이 평생 나를 따라다녔어요.

장날에는 집에서 키운 야채나 곡식을 들고 가서 팔았어요. 그렇게 번 돈으로 필요한 것들을 사 오고는 했습니다. 돈이 없어서 팔 물건과 산 물건을 들고 매번 장터까지 걸어 다녀야 했어요. 어느 날은 나무에서 딴 감을 팔기 위해 보자기에 싸서 머리에 이는데, 작은아들이 사슴 같은 눈망울로 "엄마, 나도 따라 가고 싶어요."라고 하더라고요. 어쩔 수 없이 젖먹이를 들쳐 업은 채 작은아들 손을 잡았어요. 등과 머리와 손까지, 내 몸 어디 하나 자유로운 곳이 없었어요. 그때를 떠올리며 그림을 그리니 당시 했던 고생이 생각나서 눈물이 날 것 같아요.

아이들은 어느 정도 큰 후에 돈을 벌기 위해 각자 도시로 나갔고 나는 쉰 살이 넘어서야 농사에서 손을 뗄 수 있었어요. 그 후 세탁 기술을 배워 여수에서 세탁소를 열었어요. 솜씨가 좋아서 단골손님이 꽤 많았어요. 어찌나 소문이 많이 났는지 큰 세탁소에서 우리 세탁소에 짜깁기 등을 맡기는 일도 있었어요. 세탁소 일은 하나도 힘들지 않았어요. 평생 해왔던 고된 농사일에 비하면 훨씬 수월했고 매일 현금을 만질 수 있으니 더없이 좋았네요.

내 나이 칠십 살이 되었을 즈음에는 다른 자식들은 다 결혼을 하고 막내아들만 남았어요. 그러다 막내아들이 늦은 나이에 미술대학에 붙

그림 그리는 할머니
김두엽입니다

감 이고 장에

24.2×32cm, Acrylic on paper, 2019

세탁소 시절

32×24.2cm, Acrylic on paper, 2020

여수에서 세탁소를 운영할 때의 모습이에요.
서 있는 사람이 막내 현영이에요. 엄마를 많이 도와주었지요.
그림 속에서 저는 미싱을 돌리고 있네요.

허수아비
32×24.2cm, Acrylic on paper, 2020

어 서울로 공부를 하러 가게 되었지요. 여수에 남아서 혼자 세탁소를 계속 할 수도 있었지만 내 나이도 많고 해서 아들 밥이나 해줄 겸 서울로 같이 갔어요.

처음에는 서울에 몸 하나 누일 방이 없어서 목욕탕에서 빨래를 해주며 그곳에서 숙식을 해결했어요. 그렇게 해서 돈을 좀 모아 딸네 집 근처인 보성에 작은 집을 마련했지요. 그러자 막내아들은 저더러 보성으로 내려가서 살라고 했어요. "어머니, 서울에서 너무 고생만 하시니 더는 안 되겠어요. 보성으로 내려가셔요." 막내아들을 놓고 혼자 가려니 마음이 너무나 아팠어요.

평생 고생했지만, 이젠 그것도 추억이 되었네요. 지금은 먹을 것도 부족하지 않고 살 집도 있으니 걱정거리가 없어요. 구십 살이 넘은 지금, 나는 아주 좋은 시절을 살고 있네요. 요즘 나는 공주처럼 살고 있어요. 대통령도 부럽지 않게 아주 잘 살고 있답니다.

그림 그리는 할머니
김두엽입니다

나는
김두엽 화가입니다

'다정하고 가정적인 사람과 살았다면 어땠을까?'

남편과 지내면서도 가끔 이런 생각을 했더랍니다.

나는 그저 아이를 남편에게 안겨주며 '여보, 아이 좀 안아보시오. 나는 저녁을 지으러 가야 해요.'라고 대화하며 살고 싶은 것이 바람이었어요.

하지만 내 결혼생활은 정말 힘들었어요.

나도 남편에게 애정이 없었지만, 남편도 나에게 관심이 전혀 없었어요. 그러니 마음 둘 곳이 없었지요. 이런 나를 다독인 것은 시어머니였어요.

가족
36.2×26cm, Acrylic on paper, 2021

김장 풍경
36×25.5cm, Acrylic on paper, 2019

시집을 갔을 때만 해도 나는 우리말이 서툴렀는데, 시어머니는 그런 나에게 살림을 가르쳐주며 많은 이야기를 들려주었어요. 시어머니의 친정 이야기나 시집살이 이야기가 대부분이었죠. 남편의 사랑은 없었지만 시어머니의 사랑이 있어서 나는 매일을 버틸 수 있었어요.

시부모님께 남편은 첫아들이었어요. 독자였던 시아버지는 아들이 태어나자 아주 귀하게 여기며 웅담을 달여 먹였는데 그 후 열이 나기 시작하더니 결국은 심한 열병을 앓게 되었대요.
남편은 평생 '여보'라고 불러준 적이 없어요. 나는 가끔 그 말이 듣고 싶었는데 말이죠. 남편과 대화하려면 시어머니가 중간 다리 역할을 해줘야 가능했어요. 아마 시어머니가 안 계셨더라면, 내 삶은 더 고달팠을 거예요. 참 고마운 분이셨어요.

구십 평생, 어찌 매일매일 힘들고 아프기만 했겠어요. 힘든 날도 있고 웃은 날도 있었겠지요. 그래도 지나온 세월을 돌아보면 왜 그리 힘든 기억이 많이 나는지.

하지만 요즘은 고생했던 긴긴 세월 다 지나가 편하게 살고 있어요.

나는
김두엽 화가입니다

장미와 나비
51×36cm, Acrylic on paper, 2020

무궁화
34×21.5cm, Acrylic on paper, 2016

나리꽃
32×24.2cm, Acrylic on paper, 2020

장미와 나비
51×36cm, Acrylic on paper, 2020

노란 꽃
36.2×26cm, Acrylic on paper, 2020

도라지꽃
32×24cm, Acrylic on paper, 2017

언니와 나

32×24.2cm, Acrylic on paper, 2020

한가로이 텔레비전을 보고,

그림을 그리고,

마당에 나가 꽃 구경도 하고,

칠복이와 뿡뿡이는 뭐 하나 들여다보기도 하고…….

고생도 다 지나고 나니 추억이 되네요.

그 새록새록한 추억들을 밑천 삼아

오늘도 그림을 그리는

나는

아흔네 살의 김두엽 화가입니다.

자화상
24.1×32cm, Acrylic on paper, 2018

나의 자화상이에요.
아흔한 살의 내 모습이랍니다.

세 여인
31.8×24cm, Acrylic on paper, 2019

세 여인 모두 나예요.
지나온 나의 삶이지요.

아들이 어머님께 드리는 편지

혹독했던 겨울이 지나고

다시 봄이 왔습니다.

어머님과 함께한 세월,

봄이 수도 없이 왔다 갔건만

여행 한 번 가보지 못하고

꽃을 볼 새도 없이 살아왔네요.

이현영, 나의 첫 봄
38.8×13.2cm, Acrylic on paper, 2021

이현영, 봄이 오는 백운산
60.3×12.5cm, Acrylic on paper, 2021

십여 년 전 어머니께서 연필로 그린 작은 사과 하나로

엄니에겐 사각형의 새로운 세상이 생겨났지요.

기적 같은 일이었습니다.

늘 심심해하시고 기력도 없던 어머니는

사각형의 새로운 세상에서 콧노래를 부르며

산도 가고 물도 건너고 꽃밭도 거닐었습니다.

이현영, 봄이 오는 마을

36×26cm, Acrylic on paper, 2021

세상 어디에도 없는
아주 예쁜 새로운 세상이
엄니의 사각형 세상에서
한 장 두 장 태어나기 시작했죠.

그래서인지 엄니의 그림 속에서는
행복한 노래가 들리는 듯해요.

그런 행복한 노랫소리를

많은 사람들이 오래도록

볼 수 있다면 얼마나 좋을까요!

어머니, 건강히 오래오래 제 곁에 있어주세요.

- 엄니의 막내아들, 현영이 드림

이현영, 환대

26×36cm, Acrylic on paper, 2021